詩集

朝の裏側へ

to the other side of the mornimg

今井好子

Imai Yoshiko

詩集　朝の裏側へ　＊目次

Ⅰ

Ⅱ

詩集　朝の裏側へ

I

耳

耳の遠いおばは
魚のように喋った
母との会話は
成り立たなかった

レコード盤に昔の話をのせて
くるり　くるり　まわりながら
おばの声は　大きくなる
くるり　くるり

母は目をまわして　眠っていく

障子ごしに　冬の日が
こたつに落ちる　午後
　寒いのはいやだ
母とおばは　繰り返し
それぞれの春を　待ちわびていた

冷たい風を受けて　帰り
池の淵に出た
淀んだ匂いが　鼻をついた
水面には　てんてんと
耳が　浮いていた

見覚えのあるほくろ
形のよい　おばの耳をすくう
池の底に沈んでいる
もうひとつの耳のことを思いながら
丁寧に耳を洗った　が
洗っても洗っても
黒いしみは　滲み出てくる

　もう行かない
まなじりに涙をためて　母は
マフラーで鼻を覆った

客間

無用心に歩いてはいけない
畳の上に
切った爪が落ちている
分厚く　灰色に
縦筋が入っているが
まだ生々しい切り口を晒している

法事の前夜に切ったものか
黒い靴下についてきたものか

誰の爪でも申し分ないような
老いた人たち
法事に集まった人たち
今日は　客間がゆらいでいる

老いた人たちは
同じ話を繰り返すことに夢中で
故人も膝を並べて　うなずいていている
あの顔　この顔
もう見分けがつかない
同じように平たい

いくつもの魂を引き寄せて
いくつもの魂と交わって

日が暮れるころ
老いた人たちは
平たい顔で
笑いながら帰っていった

客間には誰もいなくなった
夜が客間を鎮めようとしている
爪は　もう落ちていない

地図

眠れない夜
暗闇の端から
舟に揺られてやってくる
記憶の断片を
一枚
また一枚
地図にはりつけていく
継ぎはぎが分厚くなって

見上げる山がある
滑りやすい谷がある
だだっ広い荒地がある
鉛色をした湖がある

手をやすめて地図を眺める
窓からの微風でも
飛ばされてしまいそうな
小さな地図でしかない

明け方のほの暗い光が
地図に届くころ
継ぎはぎの境界が滲みだす
山は崩れる

湖から水が流れる

はり残した
いくつかの断片をのせて
朝の裏側へ
舟は静かに帰っていく

ばんごはん

夜の気配は　もう足元まで
濃くなっている
暗く冷えた玄関の前で
背中を　丸くする
鍵　鍵

かばんを探りながら
匂いに手が止まる
今宵は　どこかのお宅で

食卓にシチューが上がるだろう

　ばんごはんは　なに？
私にもかけられたことがあった
単純で　明快で
柔らかなその言葉は
薄闇の裏側から
野菜の煮える匂いと一緒に
私に降りてきた

　ばんごはんは　なに？
私はどのように答えただろうか
ぶっきらぼうだったろうか
笑っていただろうか

上手に答えることが出来ただろうか
毎日が慌ただしく　ずっと
いつまでも　毎日が続く　と
思っていた頃

かじかんだ手で
ようやく玄関をあける
頼りない手のひらから
するりと　鍵が
朝脱いだままのスリッパの上に
落ちていく

手を洗う

死んでしまった人の詩を読む
言葉が
蟻の行列のように
手のひらに落ちてくる
ためらいなく　じわじわと
言葉が
肌に染み込んでいくので
慌てて　また
手を洗う

洗面台の小窓に
雨が当たっている
近頃　私の好きな
しとしと雨は少なくて
強い雨ばかりが
窓を　屋根を　木々を　道を
乱暴に叩いていく
辺りが白くけぶっている

洗いすぎて　手は
かさつき始めている
背後で
耳をゆする声がする

死んでしまった人の詩が
私を捜して
呼んでいる

一本の百合

初夏の暮れかかる宵
曇天の湿り気が
庭に深く降りてくる
外に向かって咲いている百合の
花々に交わることなく
一本の百合が天を仰いでいる
天から滴る恵みの
最初の一滴を受け取ろうと

透き通る純白の花弁を
滑り落ちていく一滴は
一本の百合を満たして
やがて合図のように雨が降りだす
暮れていく庭の木と木
花と草　境界は無くなり
庭は薄闇にぼうと浮かび上がる
夏の夜のその先を思う

白い火

白木蓮が　燃えている
銀色の殻をやぶって　現れた
つぼみを　一つ　二つと
数えたのは　何日前だったか

めらめらと　伸びた枝に
あらん限りの　白い花が
バドミントンの　シャトルに似た花が
空を仰いで　いっせいに

春　まだ浅い陽を　求める

艶やかで　滑らかな
白磁のような　白い花びらは
めしべと　おしべの
螺旋に　睦み合う
芳香を　送り出す

明後日　あるいは　その次の日
白い花は　沈黙を
きめこむだろう

日が　暮れかかり
ざわりと　夕闇の吐息が

首筋に　走る
体の深いところが　冷えてくる

白い火が
暮れていく地上に　浮かび上がる
火は　光の環になって
春の宵を　染めていく

雨　水が

近づいてくる雨の気配をほどいて
降ってくるものが　と
見上げたまぶたの端に
小さな水溜りが映った

ぽたり
こらえきれなくなったのは
ぽたり
いつだったのか

花びんの底から
水が漏れている

雨の気配が　さざ波が
波打ちながら
小さな水溜りを震わす

花びんは一層　沈黙する
カーネーションは
まだ　しおれてはいない

さざ波が迷走しながら
私の吐く息　吸う息

不規則におもりをつけていく

雨の気配が
厚みを増している

波音が聞こえる

部屋は
水で満たされようとしている

螺旋

たくさんの街角を　曲がって
一人になってしまった　おじさんは
池へ行くようになった

帰り　自転車のかごに
畑の野菜を入れて
母のところへ　来ることもあった

今年の夏は異常に暑い

池の魚が何匹もひっくり返っていた

おじさん　おじさんは知らないけれど
あれから異常に暑い夏は
普通の夏になってしまった

池をのぞきこみながら
こぼした　おじさんの
言葉になる前の　音や　息
銀色のお腹を見せていた
魚たちが　すっかり呑み込んで
水底に沈んでいったのでしょう

池は整備されて　紅葉の時期には

ライトアップされるように
池がキャンバスになって
漆黒の池の面に　紅葉が映る
暗い水底へ向かって
樹々は立ち並んでいる
水面に映る葉っぱは
黄色　赤色　美しく光っている

右の耳から
訪れた人々の　歓声が
左の耳から
魚たちが呑み込んだ
おじさんの　かけらが
螺旋を描きながら

体を巡っていく

無音

ふってくるものがある
生まれたばかりの
軒下の子猫の上に
ふってくるものがある
季節の巡りを気にしながら
整えたつつましい食卓の上に
ふってくるものがある
幹線道路の白線に落ちた
片方の長靴に

来る日も来る日も

いつ止むの
あなたは聞くが
答えられる人を
私は知らない

ふってくるものを
したたらせていると
痛んだまぶたの裏側では
ちかちかと光線が行き交い
頭蓋骨にひび割れがはしる
耳の奥では絶え間なく羽虫の
羽ばたきが聞こえる

芽吹いた細い枝に
鳥が止まっている
ふってくるものの
向こうにあるひとつの穴を
鳥は知っているだろうか

頬杖の人

大丈夫よ　と
力ない笑みを見せた人の
声がおさまらずに　体を巡ってしまう
すぐには　立ち去れなくて
ひとり　病院の喫茶店に入った

窓に向かって　頬杖をついている人
その先には　病院の
手入れされた　庭が広がっている

喫茶店の空調は　ぐわんぐわんと
しきりに　鳴っていた

大理石の色をした　青白い頬だった
じっと見ているのは
目の前の整った庭
大理石の頬に当たる　午後の光が
少しずつ　滲んでいく
陽は当たっているが　冷たい
そんな頬だった
頬を支える左手　組んだ足
形が変わることはなかった

風が出てきたかもしれない

庭のけやきの葉っぱが
不規則に　なびいている

あっ　と声をあげて
ふいに　頬杖の人が立ち上がった
思わず　私は目を伏せる
伏せた目の端からも　庭が
急速に陰りだしたのが　わかった

頬杖の人の　手放された
あっ　が
残された白いコーヒーカップに
スローモーションで　落ちていく

喫茶店の店員は　慣れた手つきで
閉店の準備を　始めていた

Ⅱ

二十二

ちらっと見えた
斜向かいに座った　あなたの
腕時計の　二十二

列車に揺られ　再び本を開いて気づく
今日は　二十一日
もう一度　と目をやるが
あなたは目を閉じて　眠りに入ったようだ
腕時計は　紺色のボーダーシャツに隠れていて

わずかなところで　見えない

勝川　大曽根　千種
止まるたび　駅名を
小さな声で　つぶやいてみる
か　わ　お　ち
一粒　一粒が　車内に浮遊している

あなたは二十二日の列車に乗り
私は二十一日の列車に乗って
同じ方向へ揺られていく

二十二日と二十一日の　明日と今日の
ささやかな境界を

やすやすと越えて
鶴舞
あなたは　降りていった
振り返ることもなく

改札口へと急ぐ　あなたを
盗み見ながら　声に出して言ってみる
放たれた駅名が
つ　る　ま　い
境界に　こぼれ落ちていく

＊
勝川《かちがわ》、大曽根《おおぞね》、千種《ちくさ》、鶴舞《つるまい》　ＪＲ中央本線の駅名

写真

もう見ないでしょ
写真を捨てたという　その人は
残りのコーヒーを　ごくんと
音をたてて　飲み干した

店内のBGMが　急に　ざらついて
さめたコーヒーを前に
すごいね　と言った　きり

アルバムは
本棚の一番下を　埋めていた
どの部屋にも通じる　リビングの一角で
風は吹かない　光は届かない
かすかな吐息も　こぼれない
ゆっくり　静かに
発酵を繰り返している

もう　アルバムと本棚が
ひとつの棺となって
横たわっている

最初の木枯らしが　吹いた日は
片方の手のひらに　掬えるだけの

豆を煮る　ことこと
夕陽の中で　ことこと　豆を煮る
甘辛い匂いが　リビングに流れていく

どの部屋にも通じる　リビングには
本棚があって
とっておきの物語が
ゆっくり　静かに
発酵を続けている

天使の羽根

腕のつけ根が痛いという私に
急性五十肩です
天使の羽根とも言われますが肩甲骨の
周りの筋肉ががちがちに固まっています
仕事？　無理はしないで下さいよ

子どもMは背中を丸くして鳥を描いている
ハクトウワシは翼を広げると二メートルより長いんだ
子どもMのつぶやく声に耳を傾ける

頭が白くて　のところで
子どもBが遊園地の話でさえぎる
出かかった息と「白くて」の次の言葉をのみこんで
子どもMはまた口をつぐむ
職人の仕事のように
ハクトウワシの羽根を一枚一枚描き続ける

子どもSは子どもAが言うことを聞かないと怒り
子どもAはしゃくりあげて泣いている
子どもKは折り紙が上手くできなくて机を蹴っている

子どもたちの熱がどんどん高くなり
子どもたちの湿り気が満ちてきて
一人ひとりが滴に濡れていくころには

子どもたちの部屋には緑濃い森が広がっている

ふいに黒い影がよぎる
見上げると森の上空を
ハクトウワシが高く低く飛んでいる
よくみればハクトウワシは
子どもMが描きかけたままの翼で飛んでいる

子どもSも子どもAも子どもKも
飛ぶハクトウワシを一心に追っている
子どもMの背中に手をあてる
見上げながら手をあげた子どもMの
柔らかな肩甲骨が動いている

子ども図書館

ボランティアセンターにある
小さな子ども図書館では
コの字型に書棚が置かれていて
靴をぬぐと
さあどうぞ　好きな本を
いつでも　だれでも　迎えてくれる

歩き始めのおぼつかない足どりで本を選んだり
少し声をひそめて母親が子どもに読んだり

ごろんと寝そべって本をめくったり
物語は子どもたちの中で
呼吸を始める

冬晴れの日　窓の外では
木は大胆に愛し合っていた
裸になって　体の
すみずみまであらわにして
男性は女性の顔を引き寄せ
女性は崩れるように体を預けている
枝は激しく絡みあい
お互いを求めている

ふた月もすれば

男性の大事なところから
女性の柔らかなところから
葉がめぶき　隠されていく
次第に緑に覆われれば
自然で開放的な男女の愛は
秘密の愛に姿をかえるだろう

子どもたちの息づかいに
物語の息づかいが重なり
子ども図書館には
ことばと音が満ちていく

窓から入る陽の中で
うたたねをする幼い子どもが

ゆうらゆうら　ゆれている

貝塚

通り抜けの出来ない
四軒並びの家だった
家の前の　細い道を
舗装するとなったとき

貝殻が出てきたんですよ
昔の貝塚かもしれません
大発見だったりして
工事のお兄さんは

嬉しそうに話していった
私はすぐに気がついた
母も　黙ってはいたが
気づいただろうか

子どもの頃
貝の味噌汁を飲むと　母は
家の前の　道のくぼみに
貝殻を捨てていた
舗装していない道は
あちらにも　こちらにも
くぼみがあった

祖父母も父も
母も私も弟も
みな口を突き出し
貝の殻から身をこそげとって
しゃくしゃくと
貝を食べた
貝汁の貝は
食べる人　それぞれを
魅了した

掘り起こされた貝を　調べれば
ハエとり紙を　天井から
何本も垂らしたように
ぶらあ　ぶらあ

同じようなＤＮＡの
らせんが　並ぶだろう

お兄さんには悪いが
大昔ではない
少し前の　昭和のわが家が
作り上げた貝塚だ

白いちじく

こちらの方が甘いよ
熟れた赤紫に手を伸ばした端から店主は
白いちじく　生のものはあまり出ないから　と
小ぶりの黄緑色のそれは
熟成途中にしか思えない

あえぎの口から芳香が漏れる傍らで
少女の乳房は頑なに慎ましく
沈黙をきめている

ぺしりと軸を折り一気に皮をむく
飛び散る濃厚な香り
真っ赤な無数の花　咲かない花
白い乳がこぼれてくる
乱暴にしてはいけない
優しく掌で受け止めて
乳の伝う手で次の皮をむいていく

光の記憶を蓄え
甘美な喜びを内包していた
無口な果実

あらわになった白い

しなやかな体軀を
ほとぼりのさめた風が
渡っていく

森の苔

星空の下　妖しい緑色の光を
放つ一面の苔
緑色に魅せられた　女が
必死に　苔をはぎ取ろうとしている
その背中を　月は
白く照らしている
額に汗を滴らせ
女の手は　止まることがない

今夜　山へ苔を取りにいくの
岩にへばりついた苔を
ぺろおりと　布のようにはがすの

草刈鎌　スコップ　バケツ
女は　車に乗り込んでいった
　たくさん取れたら　分けてあげるわ
どこの山？
女は答えなかった

苔は　私の手の上で
どんな光を　放つだろうか
少しも光らない　かもしれない
体の芯まで吸われてしまう　かもしれない

心臓が　高鳴ってくる
夜の森の苔　ぞくぞくと
子宮が　熱をおびてくる

あれから　女の姿を見ていない　が
今夜も　まだ女を待っている

近頃　女の顔が
どんな目　どんな鼻　どんな口だったか
おぼろに滲んできて
ただ　車に乗り込んだときの
女の頬の紅潮だけが
ますます紅く
紅く

まぶたに　浮かんでくる

ピラカンサ

これも氏子総代の仕事と
おふだを持って回る
一軒　一軒　回る
隣の班　その隣の班
何度訪れても留守のお宅があって
ようやく隣人から聞く
奥さんが亡くなって
娘さんにひきとられて
今は施設へ

草の底に深く沈んではいても
ひとたび住人が姿を現せば
お帰りなさい　と
慎ましく迎えてくれる
息づかいが　その家にはあった
ピラカンサの　赤橙の実が
門口から溢れていて
二羽の鳥が　無心についばんでいる

きっちりと閉じられた門扉
重ねられた植木鉢
住人を知らないが
玄関の飴色の上り框

歩くと遅れて軋む廊下
風呂のガスをひねったときの
ぼっという音
こぼれた赤橙の実の
一つ一つから　立ちあらわれる

住人の痩せた背中
黙ってお茶を入れる妻の所作
座敷には
おふだを飾る棚があった
来年も　と　住人と妻が
手を合わせる営みがあった
住人の生きてきた時間が
ここにあった

乾いた路地に
風が吹き抜けていく
たわわに実をつけたピラカンサが
大きく揺れている

麹や

用などなかった
早々に席を立って
家とは反対の方向へ歩いた

通り過ぎていただけの交差点
利用したことのないバス停
知らない人たちが住んでいる路地
悪意のない　まっすぐな言葉が
胸の襞に　落ちたままだった

固く握りしめた手のひらが
少し赤みを帯びたとき
足と靴は　左に曲がり
細い道に入って　角から二軒目
駐車場の前で止まった

鼻を　湿り気がくすぐった
記憶の断面が　めくれていく

ここへ　来たことがある

特別な看板などなく
たてつけの悪い引き戸を開けて

声をかけると
薄暗いたたきの向こうから
歯の抜けた　小さなおばあさんが出てきた

まだ花はさいておらんよ
またおいで

麴や
店の裏に麴部屋があったのだろう
米を蒸して　麴の菌をふりかけて
米に花をつける
おばあさんは　一人で
麴を作っていた

麹やを教えてくれた人も
正直な人だった
ひるむことのない言葉を発して
背中をみせてしまった
それきり

米を蒸す湯気が　もうもうと
立ち上がっていたであろう
中庭のあたり

湯気をくぐって
湿った言葉が　ひと言　ひと言
花をつけて　降ってくる
手のひらが　濡れている

紋白蝶

こんなところを　蟻が
靴の先　左ななめの方に　一匹
よく見ると　右の方にも一匹
それぞれの方向に　それぞれ進んでいく

哀しい事実を告げられた日
腰を沈めた　地下鉄のベンチ
体のどこからも
言葉は　出て来なかった

列車は出ていった
暗いホームに
人を送った　さざ波が広がる
頭をたれた　その上に
小さな声がこぼれてきた

ひとつおいて　となりのベンチ
白いひらひらの帽子を
深くかぶった　小柄なおばあさんが
小さな声で歌っている
耳をすましてみるけれど
何の歌かわからない

おばあさんの　とぎれ
とぎれの歌声は
あちらに　こちらに　ひらひら
紋白蝶になって
黒い波の上を羽ばたいている

そうして小さな歌声は
輪郭をなくしながら
こわばっていた　私の背中を
静かに　しずかに　揺らした

こんなところに

もう蟻はいなかった

ひとつおいて　となりのベンチ
白い帽子のおばあさんも　いなかった
おばあさんの小さな歌声が
私の背中に　しずまっていく

あとがき

　実家のトイレは裏庭に面していました。夜になると庭は真っ暗で、子どもの頃は夜トイレへ行く度に、庭のどこかに泥棒が隠れているのではないか、獣が木の上に潜んでいて飛び出して来るのではないか、あるいはふっと幽霊が現れてくるのではないかと、昼間は平気な庭が夜になると怖くて仕方がありませんでした。一日の内に必ず怖い時間がやって来ていました。大人になっても夜は怖いままで、その上夜は闇を伴うようになりました。闇は年齢とともに濃く深くなっていくようです。

前詩集『揺れる家』を出してから九年が過ぎました。これまで詩を書き続けてこられたのも詩誌「橄欖」の同人の方々、私を見守り励まして下さる詩友の方々のおかげです。拙い言葉を並べながら、どうして詩を選んだのだろうと自身に問うこともありましたが、手放すことが出来ずに来ました。

上梓に当たりお力添えを頂きました土曜美術社出版販売の高木祐子様には心よりお礼申し上げます。

二〇二三年　春

今井好子

著者略歴

今井好子（いまい・よしこ）

1963年　愛知県生まれ

1998年　詩集『あなたとわたし、レタスを食べる』（紫陽社）
中日詩賞新人賞受賞

2004年　詩集『佐藤君に会った日は』（ミッドナイト・プレス）

2014年　詩集『揺れる家』（土曜美術社出版販売）

所　属　日本現代詩人会、中日詩人会
詩誌「橄欖」同人　個人誌「お休みの間」発行

現住所　〒448-0809　愛知県刈谷市南沖野町 1-17-13　渡辺方

詩集　朝《あさ》の裏側《うらがわ》へ

発　行　二〇二三年六月三十日

著　者　今井好子

装　丁　高橋宏枝

発行者　高木祐子

発行所　土曜美術社出版販売

〒162―0813　東京都新宿区東五軒町三―一〇

電　話　〇三―五二二九―〇七三〇

FAX　〇三―五二二九―〇七三二

振　替　〇〇一六〇―九―七五六九〇九

印刷・製本　モリモト印刷

ISBN978-4-8120-2764-6　C0092